D0475450

«Contemplad, mortales, una belleza que jamás se marchitará.»

Tony DiTerlizzi y Holly Black

Traducción de Carlos Abreu

Barcelona • Bogotá • Buenos Aires • Caracas • Madrid • México D. F.
Montevideo • Quito • Santiago de Chile

Título original: *The Ironwood Tree*

Traducción: Carlos Abreu

Diseño del libro: Tony DiTerlizzi y Dan Potash

1.ª edición: Diciembre, 2004

Publicado originalmente en Estados Unidos por Simon & Schuster Books for Young Readers, marca registrada de Simon & Schuster.

Bailén, 84 - 08009 Barcelona (España)
www.edicionesb.com
www.edicionesb-america.com

ISBN: 84-666-1658-6

Impreso en los talleres de Quebecor World

Para mi abuela Melvina, que me aconsejó
que escribiera un libro como éste, y a quien
le dije que nunca lo haría
H. B.

Para Arthur Rackham: que continúe
inspirando a otros como
me ha inspirado a mí
T. D.

Índice de
Contenidos

Índice de
Ilustraciones

Querido lector:

Tony y yo somos amigos desde hace años, y siempre hemos compartido cierta fascinación por la literatura fantástica. No siempre habíamos sido conscientes de la importancia de esa afinidad ni sabíamos que sería puesta a prueba.

Un día, Tony y yo —junto con varios otros autores— estábamos firmando ejemplares en una librería grande. Cuando terminamos, nos quedamos para ayudar a apilar libros y charlar, hasta que se nos acercó un dependiente y nos dijo que alguien había dejado una carta para nosotros. Cuando le pregunté exactamente a quién iba destinada, su respuesta nos sorprendió.

—A vosotros dos —señaló.

La carta aparece transcrita íntegramente en la siguiente página. Tony se pasó un buen rato contemplando la fotocopia que la acompañaba. Luego, en voz muy baja, se preguntó dónde estaría el resto del manuscrito. Escribimos una nota a toda prisa, la metimos en el sobre y le pedimos al dependiente que se la entregase a los hermanos Grace.

No mucho después alguien dejó un paquete atado con una cinta roja delante de mi puerta. Al cabo de pocos días, tres niños llamaron al timbre y me contaron esta historia.

Lo que ha ocurrido desde entonces es difícil de describir. Tony y yo nos hemos visto inmersos en un mundo en el que nunca creímos realmente. Ahora sabemos que los cuentos de hadas son algo más que relatos para niños. Nos rodea un mundo invisible, y queremos desvelarlo ante tus ojos, querido lector.

HOLLY BLACK

Queridos señora Black y señor DiTerlizzi:

Sé que un montón de gente no cree en los seres sobrenaturales, pero yo sí, y sospecho que ustedes también. Después de leer sus libros, les hablé a mis hermanos de ustedes y decidimos escribirles. Algo sabemos sobre esos seres. De hecho, sabemos bastante.

La hoja que adjunto es una fotocopia de un viejo libro que encontramos en el desván. No está muy bien hecha porque tuvimos problemas con la fotocopiadora. El libro explica cómo identificar a los seres fantásticos y cómo protegerse de ellos. ¿Serían tan amables de entregarlo a su editorial? Si pueden, por favor metan una carta en este sobre y devuélvanlo a la librería. Encontraremos el modo de enviarles el libro. El correo ordinario es demasiado peligroso.

Sólo queremos que la gente se entere de esto. Lo que nos ha pasado a nosotros podría pasarle a cualquiera.

Atentamente,

Mallory, Jared y Simon Grace

EL DEPÓSITO
DE CHATARRA
EL
CAMPAME
EL
PUENTE
ESTANCIA
SPIDERWICK
CALLE DE LOS SERRALES
AVENIDA DULAC
LA
ARBOLEDA

A la ciudad
La vieja cantera
Escuela J. Waterhouse
Camino de Riggenbach
Arroyo Robinson
N
Mapa de la
Estancia Spiderwick
y
de las áreas cercanas

SPIDERWICK
LAS CRÓNICAS

«Una cantera abandonada.»

Capítulo uno

Donde se producen una pelea y un duelo

El motor de la ranchera ya estaba en marcha cuando Mallory se reclinó sobre la puerta. Sus zapatillas mugrientas de todos los días contrastaban con el blanco radiante de sus calcetines de esgrimista. Llevaba el cabello engominado y peinado hacia atrás en una cola de caballo tan tirante que los ojos se le salían de las órbitas. La señora Grace se encontraba junto a la puerta del conductor, con los brazos en jarras.

—¡Lo he encontrado! —jadeó Jared, corriendo hacia ellas.

—Simon, ¿dónde estabas? —preguntó mamá—. ¡Te hemos buscado por todas partes!

—En la cochera —respondió Simon—, cuidando del... bueno, del pájaro que he encontrado. —Simon parecía incómodo. No estaba acostumbrado a meterse en líos. De eso ya se encargaba Jared.

Mallory hizo un gesto de exasperación.

—Qué pena que mamá no haya querido que nos marchemos sin ti.

—Mallory —la reprendió mamá, sacudiendo la cabeza en un gesto de desaprobación—. Subid al coche los tres. Se hace tarde y todavía tengo que hacer un recado.

Cuando Mallory se volvió para meter su bolsa en el maletero, Jared notó algo raro en el pecho de su hermana. Parecía rígido y demasiado... abultado.

—¿Qué te has puesto? —preguntó, señalando con el dedo.

—Cállate —replicó ella.

Jared soltó una risita.

—Es que parece como si llevaras...

—¡Cállate! —repitió ella, instalándose en el asiento del acompañante, mientras los chicos subían al asiento de atrás—. Tengo que llevarlo puesto, como protección.

Jared sonrió mientras veía desfilar el bosque por la ventanilla. Desde hacía más de dos semanas, no se había registrado actividad por parte de seres sobrenaturales —ni siquiera Dedalete había dado señales de vida—, y de vez en cuando Jared tenía que recordarse que todo aquello era real. A veces le parecía que todo había de tener una explicación más sencilla. Incluso habían llegado a la conclusión de que el agua que quemaba procedía de un pozo contaminado. Mientras conectaban las tuberías viejas a la red de abastecimiento, compraban garrafas de agua en el supermercado sin que a mamá le pareciera extraño. Pero estaba aquella criatura, el grifo de Simon, y eso no se podía explicar sin recurrir al cuaderno de campo de Arthur.

—Deja de mordisquearte el pelo —le dijo mamá a Mallory—. ¿Por qué estás tan nerviosa? ¿Tan bueno es el nuevo equipo?

—Estoy bien —aseguró Mallory.

Cuando vivían en Nueva York ella practicaba esgrima vestida con un pantalón de chándal y una chaqueta del equipo que cogía de un montón. Había un tipo que levantaba la mano cuando uno de los contrincantes conseguía un punto. Pero en el nuevo colegio los esgrimistas llevaban uniformes de verdad y usaban floretes eléctricos conectados a un marcador en el que se encendía una luz cada vez que alguien anotaba un toque. A Jared eso le parecía suficiente para crisparle los nervios a cualquiera.

Por lo visto su madre tenía otra explicación.

—Es por ese chico, ¿verdad? Aquel con el que hablabas el miércoles cuando fui a recogerte.

—¿Qué chico? —preguntó Simon desde el asiento trasero, sin poder contener una carcajada.

—Silencio —dijo su madre, pero le contestó de todos modos—. Chris, el capitán del equipo de esgrima. Es el capitán, ¿no?

Mallory soltó un gruñido evasivo.

—Chris y Mallory debajo de un pino se abrazan mucho y se dan besitos —canturreó Simon, y a Jared se le escapó una risita. Mallory los fulminó con la mirada.

—¿Quieres que se te caigan de golpe todos los dientes de leche?

—No les hagas caso —le recomendó mamá—. Y no te preocupes. Eres una chica lista y bonita, y una muy buena esgrimista. Seguro que le gustas.

«Seguro que le gustas.»

—¡Mamá! —se quejó Mallory, hundiéndose en el asiento delantero.

La madre se detuvo frente a la biblioteca donde trabajaba, dejó allí unos papeles y regresó casi sin aliento al coche, que había dejado con el motor encendido.

—¡Vamos! No puedo llegar tarde —la apremió Mallory, alisándose el cabello hacia atrás, aunque no hacía falta—. ¡Es mi primera competición!

—Ya casi llegamos —suspiró mamá.

Jared dirigió de nuevo la mirada a la ventanilla, justo a tiempo para ver algo que parecía un cráter profundo. Circulaban por un puente de piedra que no caía en el trayecto del autobús escolar.

—¡Simon, fíjate! ¿Qué es eso?

—Una cantera abandonada —respondió Mallory, impaciente—. La gente sacaba piedras de ahí.

—Una cantera —repitió Jared y recordó el

mapa que habían encontrado en el estudio de su tío abuelo Arthur.

—¿Tú crees que habrán encontrado algún fósil? —preguntó Simon, prácticamente montándose encima de Jared para mirar por la ventana—. Me pregunto qué dinosaurios vivían por aquí.

Mamá giró el volante y entró en el aparcamiento del colegio, sin contestar.

Jared, Simon y mamá subieron a las gradas del gimnasio mientras Mallory iba a sentarse con sus compañeros. Ya había otras familias instaladas y personas dispersas en los asientos. Había un largo rectángulo acolchado extendido en el suelo, con unas líneas marcadas con cinta adhesiva. Aunque Mallory lo llamaba *piste*, a Jared sólo le pareció una estera alargada y negra. Detrás había una mesa plegable sobre la que descansaba el marcador, con sus grandes botones de colores que le daban más aspecto de juego que de algo importante. El director estaba toqueteando los cables, conectándolos a un florete para probar la cantidad de energía que hacía falta para que el timbre sonara y las luces se encendieran.

Mallory se sentó en una de las sillas metálicas que se hallaban en un extremo de la *piste* y empezó a sacar su equipo de la bolsa. Chris, el capitán, se agachó a su lado para hablar con ella. Sus contrincantes se preparaban con gran ajetreo en el extremo opuesto. Todos los uniformes eran de un blanco tan reluciente que a Jared le dolían los ojos al mirarlos.

Al fin el director anunció que había llegado el momento del primer asalto. Llamó a los primeros dos esgrimistas y les indicó que se sujetaran con una correa un pequeño receptor a la parte posterior de los pantalones. Acto seguido conectó unos cables a sus floretes. Todo parecía muy complicado. Cuando los esgrimistas se pusieron en guardia, Jared intentó recordar lo que Mallory le había explicado sobre las luces del aparato, pero no lo consiguió.

—Esto es ridículo. Me gusta mucho más la esgrima sin tanto trasto —comentó Jared sin dirigirse a nadie en especial.

Dos combates después, Jared había deducido que las luces de colores indicaban un tocado válido y que la blanca se encendía cuando el tocado no se daba por bueno. Sólo valían los toques en el pecho. Lo cual siempre le había parecido absurdo a Jared. Los golpes en las piernas dolían una barbaridad, y él lo sabía bien porque siempre le tocaba practicar con Mallory.

Al fin llamaron a Mallory a la pista. Su oponente —un chico alto llamado Daniel no-sé-qué— soltó una risita burlona antes de ponerse la máscara. Obviamente no tenía la menor idea de lo que le esperaba.

Jared le propinó un codazo a Simon, que estaba llevándose una galleta salada a la boca.

—Lo va a machacar.

—Ay —se quejó Simon—. No hagas eso.

Mallory se abalanzó hacia delante y la coleta

«Me gusta más la esgrima sin tanto trasto.»

le rebotó en la espalda. Su florete golpeó a Daniel con fuerza en el pecho antes de que él pudiera hacer una parada. El director alzó una mano y el marcador se iluminó, con un punto para Mallory. Jared sonrió de oreja a oreja.

Mamá tenía todo el cuerpo estirado hacia delante, como si hubiese algo que oír aparte del entrechocar de las finas hojas metálicas en las maniobras de ataque, parada y arremetida. Daniel lanzaba estocadas, desesperado, demasiado alterado para controlar sus movimientos. Mallory paraba sus golpes fácilmente, convertía su defensa en ataque y conseguía más puntos.

Logró vencer al chico sin un solo tanto en contra. Hicieron un saludo formal y el chico se quitó la máscara, con la cara enrojecida, resollando. Cuando Mallory se quitó la suya, estaba sonriente, con los ojos reducidos a rendijas de la satisfacción.

Cuando volvió a las sillas de metal, el capitán de su equipo le dio un tímido abrazo. Jared no alcanzaba a ver muy bien, pero habría jurado que el rostro de Mallory se ponía más rojo de lo que estaba cuando había salido de la pista.

Los combates se sucedieron, y al equipo de Mallory le iba bastante bien. Cuando le llegó al capitán el turno de salir a la pista, Mallory lo animó a gritos. Por desgracia, esto no pareció ayudarlo demasiado. Perdió por muy pocos puntos. Mientras volvía a su asiento arrastrando los pies, pasó por delante de Mallory sin dirigirle ni una palabra.

Cuando llamaron a Mallory a la pista de nuevo, Chris ni siquiera alzó la vista.

Jared, desde las gradas, los miraba con el ceño fruncido. Se le frunció aún más cuando se fijó en una chica rubia vestida con el traje blanco de esgrimista, que estaba hurgando en la bolsa de su hermana.

—¿Y ésa quién es?

Simon se encogió de hombros.

—Ni idea. No ha salido a combatir todavía.

El entrechocar de las finas hojas.

¿Sería amiga de Mallory? Tal vez sólo estaba tomando algo prestado... Por el modo en que la chica disimulaba cada vez que alguien del equipo miraba en su dirección, a Jared le pareció que intentaba robar algo. Pero ¿qué querría robar de la bolsa de Mallory, que sólo contenía calcetines sucios y floretes de repuesto?

Jared se puso en pie. Tenía que hacer algo. ¿Es que nadie más se daba cuenta?

—¿Adónde vas? —preguntó mamá.

—Al baño —mintió mecánicamente, aunque sabía que ella lo vería cruzar el gimnasio. Le habría gustado poder decirle la verdad, pero seguro que ella habría inventado alguna justificación para la chica. Siempre pensaba lo mejor de todo el mundo. Excepto de él.

—¡Te perderás el combate!

Jared bajó por la gradería y, arrimado a la pared, atravesó la cancha hacia la chica, que seguía revolviendo en la bolsa. Pero cuando Jared se acercó a las sillas, el entrenador lo detuvo.

El entrenador lo detuvo.

El entrenador de Mallory era bajito y nervudo, y llevaba una barba de pocos días, blanca e irregular.

—Lo siento, chaval. No puedes estar aquí durante el encuentro.

—¡Es que esa chica está tratando de robarle algo a mi hermana!

El entrenador se volvió.

—¿Quién?

Jared se dio la vuelta para señalársela y descubrió que había desaparecido. Titubeó, intentando encontrar alguna explicación.

—No sé dónde está. Todavía no ha participado en ningún combate.

—Todos han participado ya, chaval. Será mejor que regreses a tu asiento.

Jared se encaminó hacia las gradas, avergonzado, y acto seguido cambió de idea. Decidió ir al baño. De ese modo, tal vez su madre le haría menos preguntas cuando volviese. Justo antes de cruzar las puertas azules del gimnasio, se detuvo y volvió la vista atrás. Ahora era Simon quien hurgaba en la bolsa de Mallory. Y lo que es peor, ¡iba vestido igual que Jared! Todos pensarían que era él. Entornó los ojos, deseando que lo que estaba viendo tuviese algún sentido.

Y entonces lo asaltó una terrible sospecha. Alzó la mirada hacia las gradas y vio a su hermano junto a mamá, mordisqueando galletitas saladas sin enterarse de nada.

«¿No me conoces?»

Capítulo dos

Donde los gemelos Grace son trillizos

Jared se quedó inmóvil, en la puerta. Oyó el entrechocar de las espadas y los aplausos del público, pero era como si los sonidos le llegasen de muy lejos. Horrorizado, vio que el entrenador se encaraba con su doble. Al hombretón se le congestionó el rostro, y algunos de los esgrimistas se quedaron mirando al falso Jared, asombrados.

—Fantástico. —Jared puso cara de desesperación. Ahora le sería del todo imposible explicar lo ocurrido.

El entrenador señaló la puerta del gimnasio y siguió con la mirada al falso Jared mientras éste se encaminaba ofendido hacia allí..., en dirección a Jared. Cuando el falso Jared se acercó, una sonrisita se dibujó en sus labios. Esto sacó totalmente de quicio a Jared.

Su falso yo pasó de largo sin siquiera mirarlo y abrió la puerta doble de un empujón. Jared, ansioso por borrarle esa sonrisa de la cara, lo siguió por un pasillo, entre dos hileras de taquillas.

—¿Quién eres? —le preguntó Jared—. ¿Qué quieres?

El falso Jared se volvió hacia él, y algo en sus ojos hizo que a Jared se le helara la sangre.

—¿No me conoces? ¿Acaso no soy tú mismo?

Resultaba extraño ver su propia boca torcerse en un gesto de desprecio. No era como mirar a Simon, con el pelo repeinado y la mancha de dentífrico en el labio superior. Y tampoco era una réplica exacta de sí mismo: iba desgreñado, y tenía los ojos más oscuros y... distintos. El falso Jared se acercó a él.

Jared retrocedió un paso, echando en falta cualquier tipo de protección contra seres sobrenaturales. De pronto se acordó de la navaja que llevaba en el bolsillo de atrás. Los seres fantásticos detestaban el hierro, y el acero estaba compuesto en parte de ese metal. Desplegó una de las hojas y la blandió ante su doble.

—¿Por qué no nos dejáis en paz?

La criatura echó la cabeza atrás y soltó una carcajada.

—No puedes alejarte de ti mismo.

—¡Cállate! Tú no eres yo. —Jared amenazó a su doble con la navaja.

—Guárdate ese juguetito —le advirtió el falso Jared en voz baja y amenazadora.

—No sé quién eres ni quién te ha enviado, pero sé lo que buscas —dijo Jared—. El cuaderno de campo. Pues lo siento mucho, porque nunca lo vas a conseguir.

La sonrisa de aquel ser se ensanchó hasta convertirse en algo que en realidad no era una sonrisa. De pronto, el falso Jared se puso serio, como si algo lo hubiese asustado. Jared, asombrado, vio que su doble empezaba a encoger, su cabello se volvía de un color castaño rojizo y sus ojos, ahora azules, se le salían de las órbitas, aterrorizados.

Antes de que Jared acabara de entender lo que estaba presenciando, oyó una voz femenina a su espalda.

—¿Qué ocurre aquí? Deja esa navaja ahora mismo.

La subdirectora se abalanzó hacia Jared y le sujetó la muñeca. La navaja cayó al suelo de parquet con gran estrépito. Jared se quedó mirándolo mientras el chico de pelo castaño rojizo se alejaba corriendo por el pasillo, emitiendo unos sollozos que sonaban más bien como risotadas.

—No entiendo por qué trajiste una navaja al colegio —susurró Simon mientras los dos esperaban sentados fuera del despacho del director.

Jared lo fulminó con la mirada. Había explicado varias veces que sólo estaba enseñándole la navaja al chico; incluso se lo había contado a la policía, pero no lograron encontrarlo para confirmar su versión de los hechos. Entonces el director mandó llamar a la señora Grace. Mamá llevaba mucho rato dentro de su despacho, aunque Jared no alcanzaba a oír lo que decían.

—¿De qué clase de ser sobrenatural crees que se trataba? —preguntó Simon.

Jared se encogió de hombros.

«¿De qué clase de ser sobrenatural crees que se trataba?»

—Ojalá tuviéramos aquí el libro para consultarlo.

—¿No recuerdas que hubiese alguno capaz de cambiar de forma de ese modo?

—No lo sé. —Jared se frotó la cara.

—Mira, le he dicho a mamá que no ha sido culpa tuya. Sólo tendrás que explicárselo...

Jared soltó una carcajada.

—Sí, claro, como si pudiera contarle lo que ha pasado.

—Yo podría decirle que ese chico había robado algo de la bolsa de Mallory. —Como Jared no respondía, Simon lo intentó de nuevo—: Podría fingir que lo hice yo. Podríamos intercambiar camisas y todo.

Jared se limitó a negar con la cabeza.

Al fin, su madre salió de la oficina del director con aspecto cansado.

—Lo siento —dijo Jared.

Le sorprendió el tono sereno con que ella le contestó.

—No quiero hablar de eso, Jared. Id a buscar a vuestra hermana y vámonos.

Jared asintió y siguió a Simon. Volvió la cabeza un momento y vio que mamá se dejaba caer en la silla que él acababa de desocupar. ¿Qué estaría pensando? ¿Por qué no le había gritado? Le sorprendió descubrir que en el fondo habría preferido que estuviese enfadada, pues al menos sería una reacción que él entendería. Su silenciosa tristeza lo asustaba más. Era como si su madre no esperase otra cosa de él.

Simon y Jared recorrieron todo el colegio, parándose a preguntar a miembros del equipo de esgrima si habían visto a Mallory. Nadie sabía dónde estaba. Incluso abordaron a Chris, el capitán, que se mostró algo incómodo cuando le preguntaron por Mallory, pero negó con la cabeza. En el gimnasio no había nadie; sólo se oía el eco de sus pisadas sobre el lustroso suelo de madera. La estera negra estaba enrollada y habían retirado todo el material utilizado en el encuentro.

Por fin, una muchacha con una larga cabellera color castaño les informó de que había visto a Mallory llorando en el lavabo de chicas.

Simon sacudió la cabeza, extrañado.

—¿Mallory llorando? ¡Pero si ha ganado!

La chica se encogió de hombros.

—Le he preguntado si le pasaba algo, pero me ha contestado que estaba bien.

—¿Crees que era ella de verdad? —inquirió Simon mientras se dirigían al baño.

—¿Te refieres a que tal vez alguien se hacía pasar por ella? ¿Por qué iba un ser sobrenatural a transformarse en Mallory y echarse a llorar en el lavabo de chicas?

—No lo sé —respondió Simon—. Si yo tuviese que convertirme en Mallory, me echaría a llorar.

Jared se rió.

—Bueno, ¿quieres entrar ahí dentro a buscarla?

—No pienso entrar en el lavabo de las chicas

—se plantó Simon—. Además, estás en un lío tan gordo que es imposible que empeores las cosas.

—Yo soy muy capaz de empeorar las cosas —suspiró Jared, y abrió la puerta.

El lugar se parecía sorprendentemente al baño de los chicos, excepto porque no había urinarios.

—¿Mallory? —llamó.

No obtuvo respuesta. Echó un vistazo por debajo de las puertas de los retretes, pero no vio pies. Abrió cautelosamente una de ellas. Aunque no había nadie, se sintió extraño..., nervioso y avergonzado. Al cabo de un momento salió al pasillo a toda velocidad.

—¿No está allí? —preguntó Simon.

—Allí dentro no hay nadie. —Jared se volvió hacia la hilera de cubículos, esperando que nadie lo hubiese visto.

—A lo mejor se ha ido al despacho para reunirse con mamá —aventuró Simon—. No la veo por ningún sitio.

«¿Mallory?»

Jared sintió un nudo en el estómago. Después de que la subdirectora lo pillase, prácticamente sólo había pensado en los problemas en que se había metido. Pero lo cierto es que aquel ser seguía suelto en algún lugar del colegio. Recordó el modo en que había estado hurgando en la bolsa de Mallory durante el combate.

—¿Y si ha salido? —conjeturó Jared, deseando equivocarse—. Quizás haya ido afuera a ver si estábamos esperándola en el coche.

—Podemos echar un vistazo —dijo Simon, encogiéndose de hombros. A Jared no le pareció muy convencido, pero salieron de todas maneras.

El cielo ya se había teñido de tonos violáceos y dorados. Mientras oscurecía, los gemelos atravesaron la pista y el campo de béisbol.

—No la veo —dijo Simon.

Jared asintió con un gesto. Seguía sintiendo un nudo de nervios en el estómago. «¿Dónde se habrá metido?», se preguntó.

—Oye —dijo Simon—, ¿qué es eso? —Se alejó unos metros y se agachó para recoger un trozo de metal que relucía en la hierba.

—La medalla de esgrima de Mallory —observó Jared—. Y fíjate en eso.

Había unos grandes trozos de roca dispuestos en círculo sobre la hierba, alrededor de la medalla. Jared se arrodilló junto a la piedra más grande. Llevaba grabada, con trazos profundos, una palabra: CANJE.

—Piedras como las de la cantera —señaló Simon.

Jared alzó la vista, sorprendido.

—¿Te acuerdas del mapa que encontramos? Decía que en la cantera viven enanos... ¡Aunque no creo que los enanos sepan cambiar de forma!

—Tal vez Mallory esté dentro, con mamá. Podría estar en el despacho, esperándonos.

Jared habría deseado creer eso.

—Entonces, ¿qué hace la medalla aquí?

—Tal vez se le ha caído. O tal vez se trate de una trampa. —Simon empezó a desandar el camino en dirección al colegio y dijo—: Vamos, regresemos para ver si está con mamá.

Jared asintió en silencio, algo desconcertado.

Cuando llegaron, encontraron a mamá en la entrada de la escuela, hablando por el teléfono móvil. Se encontraba de espaldas a ellos y estaba sola.

Aunque hablaba en voz baja, oyeron perfectamente lo que decía.

—Sí, yo también creía que las cosas iban mejor. Pero ya sabes, Jared nunca ha reconocido lo que ocurrió cuando nos mudamos aquí... Y, bueno, te parecerá raro, pero Mallory y Simon tienen una actitud tan protectora con él...

Jared se quedó paralizado, temeroso de lo que ella pudiese decir a continuación y al mismo tiempo incapaz de hacer algo para interrumpirla.

—No, no. Ellos niegan que él hiciera ninguna de esas cosas. Además, me ocultan algo. Lo noto en el modo en que dejan de hablar cuando me ven, en la forma en que se encubren unos a otros, sobre todo a Jared. Tendrías que haber oído a Simon, inventándose excusas para justificar que su hermano le sacara una navaja a ese pobre niño. —En este punto se le entrecortó la voz y se echó a llorar—. No sé si puedo seguir lidiando con él. Está lleno de rabia, Richard. Tal vez debería mandártelo para que pase un tiempo contigo.

Papá. Estaba hablando con papá.

Jared se quedó paralizado.

Simon le dio un codazo en el brazo.

—Vámonos, Mallory no está aquí.

Jared dio media vuelta, aturdido, y salió del edificio, detrás de su hermano. No habría sabido explicar qué sentía en ese momento... excepto un gran vacío.

PELIGRO VACAS BREA REPARTES

Capítulo tres

Donde Simon resuelve un acertijo

Qué vamos a hacer? —preguntó Simon mientras regresaban por el pasillo.

—Se la han llevado —musitó Jared. Tenía que borrar de su mente lo que acababa de oír, no pensar en nada salvo en Mallory—. Quieren canjeárnosla por el cuaderno de campo.

—Pero si no lo tenemos.

—¡Calla! —mascculló Jared. Se le había ocurrido una idea, pero no quería expresarla en voz alta en un lugar público—. Vamos.

Jared se acercó a su taquilla y sacó una toalla de su bolsa de deporte. Eligió un libro de texto *—Matemáticas avanzadas—*, aproximadamente del mismo tamaño que el cuaderno de campo, y lo envolvió en la toalla.

—¿Qué haces?

—Ten —susurró, tendiéndole el libro envuelto a Simon y sacando la mochila del casillero.

—Dedalete nos engañó con este mismo truco. Tal vez nosotros podamos engañar a quienes se hayan llevado a Mallory.

—De acuerdo —dijo Simon, asintiendo una vez con la cabeza—. Creo que mamá guarda una linterna en el coche.

Saltaron una valla de tela metálica en el límite del patio de la escuela y cruzaron la carretera. El otro lado estaba lleno de maleza. Costaba caminar por ahí a oscuras, y la linterna sólo les proporcionaba un haz de luz tenue y estrecho.

Treparon por unas rocas, unas cubiertas de musgo resbaladizo, otras completamente agrietadas. Mientras avanzaban, Jared fue recordando la conversación que había oído. Le preocupaban las cosas terribles que su madre pensaba de él y las que sin duda pensaría ahora que había desaparecido de nuevo. Hiciera lo que hiciese, siempre acababa metido en líos cada vez más gordos. ¿Y si lo expulsaban temporalmente del colegio? ¿Y si ella lo mandaba a vivir con su padre, que no lo recibiría precisamente con los brazos abiertos?

—Mira, Jared —señaló Simon. Habían llegado a los alrededores de la vieja cantera.

La roca estaba tallada de forma irregular, de tal manera que había trozos de piedra que sobresalían como cornisas a lo largo de la abrupta pendiente de casi diez metros que descendía hacia un accidentado valle. Unas espesas vetas de tierra de la que brotaban algunos hierbajos surcaban las paredes. La carretera discurría sobre una estructura elevada de acero por encima de la caverna.

—Qué extraño, eso de extraer piedras de un sitio, ¿no? —comentó Simon—. Después de todo, son sólo piedras. —Al ver que Simon no contestaba, añadió—: Parece granito. —Simon se arrebujó en su chaqueta, que no era muy gruesa.

Jared bajó la vista hacia las paredes, iluminándolas con la linterna, y vio una veta de óxido sobre un tono ocre. No tenía la menor idea de qué tipo de roca se trataba.

Simon se encogió de hombros.

—Bueno, esto... ¿Cómo vamos a bajar hasta allí?

—No lo sé. ¿Por qué no me lo dices tú, ya que eres tan listo?

—Podríamos... —empezó Simon, pero su voz se apagó.

—Intentemos descolgarnos por la pendiente —sugirió Jared, arrepentido de sus anteriores

«Esto está bastante alto.»

palabras—. Podemos saltar a ese saliente e intentar llegar a otro desde ahí.

—Esto está bastante alto. Deberíamos conseguir una cuerda o algo así.

—No hay tiempo para eso —replicó Jared bruscamente—. Ten, sujeta la linterna.

Le pasó el cilindro de metal a su hermano y se sentó al borde del precipicio. Sin la linterna, al bajar los ojos no veía más que una oscuridad negra e impenetrable. Respiró hondo y se dejó caer hacia una cornisa de roca que no alcanzaba a vislumbrar.

Cuando se puso en pie, la luz de la linterna le deslumbró, cegándolo por unos instantes. Perdió el equilibrio y se tambaleó hacia delante.

—¿Estás bien? —preguntó Simon desde arriba.

Jared se llevó la mano a la frente a manera de visera e intentó disimular su enfado.

—Sí. Venga, ahora te toca a ti.

Oyó el crujir de la tierra encima de él mientras Simon se ponía en posición. Jared se apartó a toda prisa del sitio donde había caído, buscando a tientas un borde que recordaba de forma muy vaga. Simon aterrizó pesadamente a su lado con un quejido.

La linterna resbaló entre sus manos y se precipitó en el vacío. Golpeó el fondo del valle con un ruido sordo, rebotó una vez y quedó inmóvil, iluminando un estrecho sendero de matorrales y piedras.

—¡Cómo has podido ser tan tonto! —Jared sintió que la ira crecía en su interior como un ser vivo. En ese momento gritar parecía la única manera de evitar que la rabia se apoderase de él por completo—. ¿Por qué no me la has lanzado desde arriba? ¿Y si Mallory corre peligro? ¿Y si se muere por culpa de tu estupidez?

Simon alzó la mirada, con los ojos llorosos, pero Jared estaba tan conmocionado como él.

—Perdona, Simon, me he pasado —le dijo atropelladamente.

Simon asintió en silencio, pero le volvió la cara.

—Creo que hay otra cornisa allí. ¿Ves aquello que sobresale?

Simon no dijo nada.

—Yo bajaré primero —dijo Jared.

Respiró hondo y se lanzó a la oscuridad. Golpeó el segundo saliente con fuerza; debía de estar más lejos de lo que pensaba. Sus pulmones expulsaron todo el aire y sintió un intenso dolor en las manos y las rodillas. Se puso en pie despacio. Tenía un desgarrón en los tejanos, a la altura de la rodilla, y un corte que se había hecho en el brazo empezó a sangrarle lentamente. A pesar de todo, desde ahí estaba a sólo un breve salto del fondo de la cantera.

—¿Jared? —se oyó débilmente la voz de Simon, que continuaba sentado en la cornisa, más arriba.

—Estoy aquí —respondió Jared—. No te muevas. Iré a buscar la linterna.

Se arrastró hasta donde estaba la linterna, la recogió y enfocó con ella a su hermano, buscando protuberancias donde pudiese agarrarse o huecos en los que pudiera apoyarse. Poco a poco, Simon descendió hasta el suelo. Mientras Jared lo esperaba, sin embargo, oyó ecos de un repiqueteo y un golpeteo lejanos que parecían venir de ningún sitio y de todas partes a la vez.

Paseó el haz de luz por toda la cantera y vio más roca recortada con huellas apenas perceptibles de barrenas. Entonces se preguntó cómo saldrían de allí. Pero antes de que pudiese preocuparse de eso, la linterna iluminó un gran fragmento de roca que sobresalía de la pared. Cuando la luz se desplazó por la piedra, el dibujo veteado que formaba el musgo despidió un tenue resplandor azulado.

—Bioluminiscencia —observó Simon.

—¿Eh? —Jared se acercó.

—Es cuando algo irradia luz propia.

Aquel brillo mortecino permitió a Jared entrever un rectángulo de piedra bajo el saliente en el que había grabadas unas líneas entrecruzadas. Al fijarse en el centro de la piedra, distinguió la parte superior de unas letras talladas en la roca. Las enfocó directamente con la linterna.

PELIGRO VACAS BREA REPARTES

—Un acertijo —señaló Jared.

—No tiene ningún sentido —dijo Simon.

—¿Qué más da? ¿Cómo vamos a resolverlo?

No había tiempo que perder. Ya casi estaban dentro, muy cerca de Mallory.

—Tú resolviste uno en casa —le recordó Simon y se sentó dándole la espalda a su hermano—. Averígualo tú.

Jared suspiró.

—Oye, siento mucho lo que he dicho antes. Tienes que ayudarme —le rogó Jared—. Todo el mundo sabe que tú eres más listo que yo.

—Yo tampoco entiendo el acertijo —aseguró Simon—. Las vacas son las hembras de los toros, ¿verdad? Y los toros pueden ser peligrosos. Sobre lo demás no se me ocurre nada.

Jared se fijó de nuevo en las palabras. Le costaba concentrarse. La brea es alquitrán, pero ¿de dónde iban a sacarla? ¿Qué tenía eso que ver con las vacas? ¿Decía algo el cuaderno de campo sobre vacas y brea? Si al menos tuviese el libro...

—Eh, espera un segundo —dijo Simon, volviéndose y poniéndose de pie—. Pásame la linterna.

Jared se la dio y lo observó mientras Simon garabateaba el mensaje en la tierra con el dedo.

SUSPENSION/EXPULSION/FORM

ESCUELA J. WATERHOUSE

FECHA: 11 de octubre

NOMBRE DEL ALUMNO: Grace, Jared

SEXO: V CURSO: 4.º EDAD: 9 NSS: 134-00-2067

VIVE CON: x Madre ___Padre ___Ambos ___Otro/s

Jared Grace HA SIDO EXPULSADO TEMPORALMENTE DE LA ESCUELA J. WATERHOUSE POR UN PERIODO DE 10 DÍAS

DURANTE DICHO PERIODO, EL ALUMNO TENDRÁ PROHIBIDO EL ACCESO A LAS INSTALACIONES DEL COLEGIO Y NO PODRÁ PARTICIPAR EN ACTIVIDADES ESCOLARES. SE TRATA DE LA primera EXPULSIÓN TEMPORAL DEL ALUMNO, Y OBEDECE A LAS SIGUIENTES CAUSAS:

El 11 de octubre, Jared Grace fue visto en los pasillos, durante la celebración de una competición deportiva, amenazando a un compañero con una navaja. Nuestras normas establecen que todo alumno que se halle en posesión de armas peligrosas o sustancias controladas en las instalaciones escolares, o bien en actos organizados por el colegio o relacionados con el mismo (véase en el capítulo 550 la descripción de los objetos que el reglamento de la escuela califica de armas peligrosas), quedará sujeto a expulsión del colegio o del distrito escolar.

LAMENTAMOS VERNOS OBLIGADOS A TOMAR ESTA MEDIDA DISCIPLINARIA. SI DESEA MÁS INFORMACIÓN SOBRE ESTE ASUNTO, PUEDE PONERSE EN CONTACTO CONMIGO DIRECTAMENTE EN EL CENTRO ESCOLAR.

EL ALUMNO EXPULSADO NO PODRÁ RECUPERAR LOS EJERCICIOS O TRABAJOS EVALUABLES QUE NO HAYA PODIDO REALIZAR POR CAUSA DE SU EXPULSIÓN-

CONFIAMOS EN QUE NUESTROS ESFUERZOS CONJUNTOS NOS LLEVEN A UNA MEJOR COMPRENSIÓN DEL PROBLEMA Y A LA SOLUCIÓN DEL MISMO.

COMENTARIOS:

En vista de los problemas disciplinarios que el alumno ha tenido anteriormente en el aula, tanto en esta escuela como en el colegio al que asistía antes, y teniendo en cuenta la gravedad de este incidente, consideramos conveniente su expulsión definitiva.

Se convocará una reunión del consejo escolar para discutir esta posibilidad. Recomendamos encarecidamente a usted y a su hijo que asistan a la misma y presenten toda la información que crean que puede ayudarnos a tomar una decisión.

SE HA ABIERTO EXPEDIENTE DE EXPULSIÓN AL MENCIONADO ALUMNO EN CONFORMIDAD CON LAS NORMAS ESTABLECIDAS POR LA LEY DEL ESTADO.

FIRMA DEL DIRECTOR

Copia de la notificación de expulsión de Jared Grace

Después empezó a borrar algunas letras y a escribirlas arriba en un orden distinto.

GALOPE PRESTAR VECES ARRIBA

—¿Qué haces? —Jared se sentó junto a su hermano gemelo.

—Creo que hay que reordenar las letras para averiguar el mensaje. Es como esos pasatiempos que siempre hace mamá. —Simon escribió una tercera frase en el polvo.

GOLPEA TRES VECES PARA ABRIR

—¡Vaya! —exclamó Jared. No podía creer que Simon lo hubiese resuelto solo. Él jamás habría dado con la solución.

Simon sonrió de oreja a oreja.

—Qué fácil. —Se aproximó a la puerta y golpeó tres veces la dura superficie de piedra.

En ese momento, el suelo se movió y los dos se precipitaron en el oscuro abismo que se abrió bajo sus pies.

«¿Qué tenemos aquí? ¡Prisioneros!»

Capítulo cuatro

Donde los gemelos descubren un árbol único en el mundo

Cayeron en una red de hilo de metal entretejido. Aullando y pataleando, Jared intentó levantarse, pero no consiguió afirmar los pies en ningún sitio. De pronto, dejó de forcejear y recibió un codazo de su hermano en la oreja.

—¡Simon, estate quieto! ¡Mira!

El musgo fosforescente que cubría zonas de las paredes iluminaba el rostro de tres hombrecillos de piel gris como la piedra. Llevaban ropa de tonos apagados, confeccionada con tela basta, pero sus brazaletes de plata en forma de serpiente estaban tan delicadamente trabajados que parecían deslizarse en torno a los delgados brazos de aquellos hombres; sus collares estaban tejidos con hilos dorados tan finos que parecían de tela, y sus anillos engastados con piedras preciosas hacían relucir cada uno de sus mugrientos dedos.

—¿Qué tenemos aquí? ¡Prisioneros! —dijo uno de ellos, cuya voz sonaba como la grava—. Casi nunca capturamos a nadie con vida.

—Enanos —susurró Jared a su hermano.

—Pues no es que se parezcan mucho a los de Blancanieves —respondió Simon, también en susurros.

El segundo enano frotó un mechón de pelo de Jared entre sus dedos y se volvió hacia el que había hablado primero.

—No son nada del otro mundo, ¿verdad? La negrura de su cabellera es opaca y poco llamativa. Su piel no es lisa ni blanca como el mármol. En mi opinión, su hechura es más bien pobre.

Nosotros podríamos hacerlo mucho mejor.

Jared frunció el ceño, no muy seguro de a qué se refería el enano. De nuevo deseó tener el cuaderno de campo. Sólo recordaba que los enanos eran excelentes artesanos, y que el hierro, pese a que ahuyentaba a otros seres fantásticos, no les afectaba en absoluto. Su navaja no le habría servido de nada, aunque no se la hubiera quitado la subdirectora.

EL KORTING

—Hemos venido a buscar a nuestra hermana —les dijo Jared—. Queremos hacer un canje.

Un enano soltó una risita, aunque Jared no logró discernir cuál de ellos. Con un chirrido, otro arrastró una jaula plateada hasta colocarla debajo de la red.

—El korting nos avisó de que vendríais. Está ansioso por conoceros.

—¿Se trata del rey o algo por el estilo? —preguntó Simon.

Pero los enanos no contestaron. Uno de ellos tiró de una manija tallada, la red se abrió y los dos chicos cayeron pesadamente dentro de la jaula. De nuevo Jared sintió los rasguños de las manos y las rodillas. Le pegó un puñetazo al suelo metálico.

Jared y Simon guardaron silencio mientras los transportaban por los túneles en la jaula con ruedas. Oían el martilleo más fuerte y reconocible ahora que estaban bajo tierra, así como el rugido de lo que sonaba como un gran fuego. Sobre sus cabezas, la fosforescencia alumbraba débilmente el extremo de enormes estalactitas que formaban una especie de bosque colgante.

Atravesaron una caverna que tenía el suelo ennegrecido y maloliente a causa de los excrementos de los murciélagos que revoloteaban por encima de ellos. Jared intentó reprimir un escalofrío. Cuanto más se adentraban en la gruta, más oscura se volvía. A veces Jared atisbaba unas sombras que se movían en la penumbra y oía un golpeteo irregular.

Cuando avanzaban por una galería estrecha junto a columnas que goteaban, Jared aspiró aliviado aquel aire húmedo y cargado de olores minerales, después de soportar la pestilencia de los murciélagos. La siguiente caverna parecía repleta de objetos metálicos apilados y polvorientos. Una rata dorada con ojos de zafiro salió corriendo de una copa de malaquita. Un conejo plateado yacía de costado, con una llave para darle cuerda en el cuello, mientras una azucena de platino se abría y se cerraba una y otra vez. Simon contempló la rata metálica con nostalgia.

A continuación entraron en una cueva muy amplia donde unos enanos esculpían imágenes de otros enanos hechas de granito. La repentina claridad procedente de los faroles deslumbró a Jared, pero al pasar junto a los enanos, le pareció ver que una de las esculturas movía un brazo.

Desde ahí pasaron a una caverna enorme donde se alzaba un gigantesco árbol subterráneo. El grueso tronco se elevaba hasta perderse en las tinieblas, y las ramas formaban una bóveda encima de ellos. El aire vibraba con unos extraños trinos metálicos.

—Eso no puede ser un árbol —señaló Si-

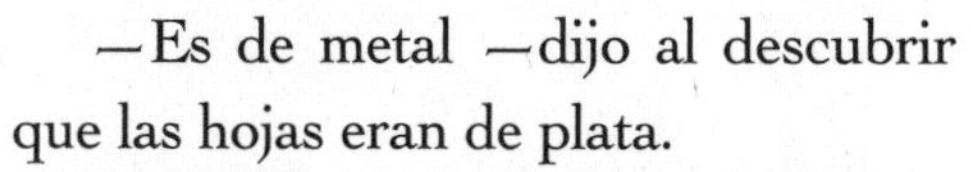

mon—. Aquí no llega el sol. Y si no hay sol, no hay fotosíntesis.

Jared le echó un vistazo al tronco.

—Es de metal —dijo al descubrir que las hojas eran de plata.

En lo alto del árbol, un pájaro de cobre agitó sus alas mecánicas y miró hacia abajo con sus fríos ojos de azabache.

—El primer árbol de hierro —dijo uno de los enanos—. Contemplad, mortales, una belleza que jamás se marchitará.

Jared alzó la vista y admiró, boquiabierto, una pieza de metal forjada con una superficie tan áspera como la corteza de un árbol que se dividía en varias ramas retorcidas, junto a otra pieza tan delicada como una filigrana. Cada hoja era única, curva y con nervaduras como una hoja de verdad.

—¿Por qué nos llamáis mortales? —preguntó Jared.

«Contemplad, mortales, una belleza que jamás se marchitará.»

—¿No entendéis vuestra propia lengua? —resopló un enano—. Significa que estáis condenados a morir. ¿Cómo queréis que os llamemos, si no? La vida de los vuestros se extingue en un abrir y cerrar de ojos. —Se inclinó hacia los barrotes de la jaula y les dedicó un guiño.

Varios pasadizos que partían de la caverna desembocaban en corredores tan sombríos que Jared no alcanzaba a ver adónde conducían. La jaula enfiló por uno de ellos, un pasillo ancho bordeado de columnas que acababa en una cámara más pequeña. Sentado en un trono labrado en una enorme estalagmita había otro hombre de piel gris. Tenía una barba negra y espesa. Los ojos le brillaban como gemas verdosas. Un perro de metal, tendido delante del trono sobre una alfombra de piel de ciervo, respiraba rítmicamente con un silbido metálico, como si durmiese de verdad. En su espalda, una llave giraba despacio, sin parar. En torno al rey había otros enanos, todos ellos callados.

«Mi señor korting.»

—Mi señor korting —dijo uno de los enanos—, tenías razón: han venido a buscar a su hermana.

—Mulgarath me avisó de que vendríais. —El korting se levantó—. Qué fortuna la vuestra, qué honor para vosotros presenciar el principio del fin del imperio de los humanos.

—¿A mí qué me cuentas? —espetó Jared—. Lo que me interesa saber es dónde está Mallory.

El korting frunció el ceño.

—Traedla —ordenó, y varios enanos salieron de la sala arrastrando los pies—. Harías bien en medir tus palabras. Pronto Mulgarath reinará sobre el mundo entero, y nosotros, sus fieles sirvientes, estaremos a su lado. Arrasará la tierra para abrirnos paso, y nosotros plantaremos un glorioso bosque de árboles de hierro. Reconstruiremos el mundo con plata, cobre y acero.

Simon se arrastró hasta el borde de la jaula.

—Eso es absurdo. ¿Qué comerían? ¿Cómo

piensa respirar, si no hay plantas que produzcan oxígeno?

Jared le sonrió a Simon. A veces no era tan malo tener un hermano gemelo sabelotodo.

El ceño del señor de los enanos se arrugó aún más.

—¿Niegas acaso que los enanos son los artesanos más habilidosos que jamás hayas visto? No hay más que mirar a mi sabueso para comprobar nuestra superioridad. Su cuerpo plateado es más bello que cualquier pelaje, corre como el viento y no necesita alimento alguno. Además, no es baboso ni pedigüeño. —El korting empujó suavemente al perro con el pie. El animal se dio la vuelta y se desperezó antes de reanudar su sibilante sueño.

—No creo que Simon se refiriese a eso —precisó Jared, pero se interrumpió al ver que seis enanos entraban en la cámara llevando a hombros una caja de cristal alargada.

—¡Mallory! —Jared se quedó mirando la

caja con un nudo en la garganta. Parecía un ataúd.

—¿Qué le habéis hecho a nuestra hermana? —quiso saber Simon, palideciendo—. No está muerta, ¿verdad?

—Todo lo contrario —respondió el señor de los enanos con una sonrisa—. Así nunca morirá. Fijaos bien en ella.

Los enanos depositaron la caja de cristal sobre una base de piedra con adornos esculpidos, junto a la jaula de Jared y Simon.

Habían peinado muy bien a Mallory y le

habían hecho una trenza que caía junto a su rostro blanco como la cera. Un aro de hojas de metal hacía las veces de diadema.
Sus labios y mejillas, muy maquillados, parecían los de una muñeca, y sostenía entre sus manos la empuñadura de una espada

plateada. Le habían puesto un vestido blanco de fino encaje. Tenía los ojos cerrados, y Jared casi temía que si los abriese, serían de vidrio.

—¿Qué le habéis hecho? —repitió Simon—. No parece Mallory en absoluto.

—Su belleza y juventud jamás se extinguirán —aseveró el korting—. Fuera de esa caja estaría condenada a envejecer, morir y descomponerse; la maldición de todo mortal.

—Creo que Mallory preferiría soportar su condena —dijo Jared.

El señor de los enanos resopló.

—Como queráis. ¿Qué me ofrecéis a cambio?

Jared hurgó en su mochila y extrajo el libro envuelto en la toalla.

—La guía de campo de Arthur Spiderwick. —El muchacho sintió una punzada de remordimiento por mentir, pero la desechó sin contemplaciones.

El korting se frotó las manos.

—Excelente. Tal como estaba previsto. Dadme el libro, pues.

—¿Y nos devolveréis a nuestra hermana?

—Será toda vuestra.

Jared le tendió la falsa guía de campo, y uno de los enanos se la arrebató por entre los barrotes. El señor de los enanos ni siquiera se molestó en echarle una ojeada.

—Llevaos la preciosa jaula a la cámara del tesoro y colocad la caja de cristal junto a ella.

—¿Qué? —exclamó Jared—. ¡Pero si habíamos hecho un trato!

—Y yo estoy cumpliendo mi parte —repuso el korting con una sonrisa desdeñosa—. Vosotros me pedisteis que os entregara a vuestra hermana, pero en ningún momento hablamos de vuestra libertad.

—¡No! ¡No puedes! —Jared golpeó los barrotes con ambas manos, pero eso no impidió que los enanos empujasen la jaula rodante hacia un corredor lóbrego. Jared no se atrevió a mirar a su hermano. Después de haberle gritado tanto, él mismo había metido la pata: no había sido lo bastante astuto. Se sentía agotado, insignificante y patético. Sólo era un chico. ¿Cómo iba a encontrar la manera de salir de semejante atolladero?

«Tendréis que darnos de comer.»

Capítulo cinco

Donde Jared y Simon despiertan a la bella durmiente

Jared apenas se fijó en el trayecto que seguían hacia la cámara del tesoro. Cerró los ojos para intentar contener las ardientes lágrimas.

—Hemos llegado —anunció el enano que los había conducido hasta ahí. Su barba era blanca, y llevaba una anilla con llaves colgada de la cintura. Se volvió hacia el grupo que transportaba la caja en la que yacía Mallory—. Dejadla aquí mismo.

La cámara del tesoro estaba iluminada con un

solo farol, pero los montones de oro reluciente reflejaban la luz de tal manera que no estaba demasiado oscuro. Un pavo real plateado con tachuelas de lapislázuli y coral picoteaba, más por aburrimiento que por mala intención, a un ratón de cobre sentado sobre un jarrón.

El enano de barba blanca se quedó observándolos detenidamente mientras los demás salían en tropel. Les dedicó una sonrisa afectuosa.

—Os buscaré algo para que juguéis. ¿Unos cantillos, tal vez? Incluso se ponen de pie y saltan en el aire ellos solos.

—Tengo hambre —se quejó Simon—. No somos mecánicos. Si vais a retenernos aquí, tendréis que darnos de comer.

—Muy cierto —dijo el enano, entornando los ojos—. Os traeré un puré de arañas con nabos. Os sentará de maravilla.

—¿Cómo piensas dárnoslo? —inquirió Jared de pronto—. Esta jaula no tiene puertas.

—Sí que hay una puerta —replicó el enano—. Yo mismo construí esta jaula. Sólida, ¿verdad?

—Sí —respondió Jared—. Muy sólida. —Puso los ojos en blanco, harto de la situación. ¿No era ya bastante malo que los hubiesen engañado y estuviesen encerrados en una jaula, como para que aquel enano encima se lo restregase por las narices?

—¿Sabéis? La cerradura está dentro de este barrote. —El enano le dio unos golpecitos con el dedo a uno de los barrotes—. Tuve que fabricar unos goznes diminutos... Utilicé un martillo del tamaño de un alfiler. Si os fijáis bien, veréis la ranura de la puerta.

—¿Puedes abrirla? —preguntó Simon. Jared lo miró, extrañado. ¿Había estado Simon urdiendo un plan mientras él estaba demasiado ocupado con su enfado?

—¿Queréis verla en acción? —preguntó el enano.

—Sí —contestó Jared, que no podía creer que fuesen a tener tanta suerte.

—Bueno, muy bien, muchachos. Ahora apartaos un poco. Eso es. Sólo una vez, y después os traeré algo de comer. Qué gusto poder usar por fin todas estas cosas.

Jared le sonrió como para animarlo. El enano sacó una llave pequeña del aro que llevaba colgado de la cintura. Tenía el tamaño y la forma de un silbato, con un intrincado dibujo en relieve. La insertó en uno de los barrotes, aunque Jared no alcanzó a ver el agujero desde la parte de la jaula donde estaba. El enano giró la muñeca, y el barrote entero comenzó a emitir una serie de chasquidos, golpeteos y zumbidos mecánicos.

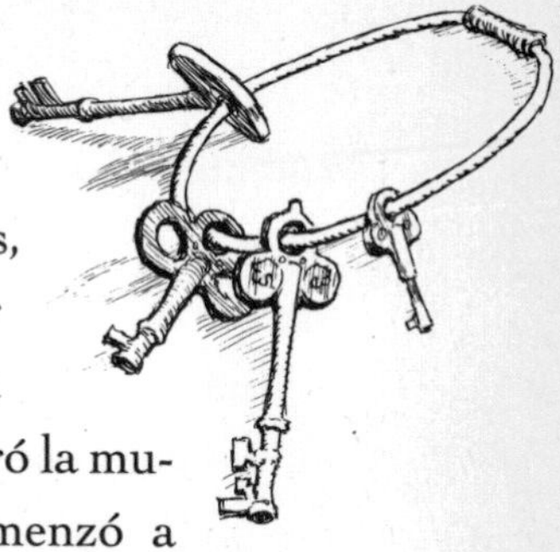

—Ya está. —El enano tiró del barrote, y una sección frontal de la jaula se abrió girando en torno a unas bisagras ocultas. Sin embargo, justo cuando los chicos se disponían a abalanzarse hacia la puerta, el enano la cerró rápidamente—. No habría sido tan divertido si no hubierais intentado escapar —se burló, sujetándose de nuevo el manojo de llaves al cinto.

Pero en ese momento la mano de Jared salió disparada hacia delante y agarró la anilla de llaves, que cayeron al suelo con gran estrépito.

Simon las recogió antes de que lo hiciera el enano.

—¡Eh! ¡Eso no vale! —exclamó éste—. ¡Devuélveme eso!

Simon negó con la cabeza.

—Pero tienes que dármelas. Sois prisioneros. No podéis quedaros con las llaves.

—No vamos a devolvértelas —replicó Jared.

El enano pareció alarmarse. Se dirigió a toda prisa a la entrada de la cámara.

—¡Rápido! —gritó—. ¡Que venga alguien! ¡Avisad a los guardias! ¡Los prisioneros se escapan! —Como nadie venía, clavó la mirada en Jared y Simon—. Más vale que os quedéis donde estáis —les advirtió y se alejó corriendo por el pasillo, llamando a los guardias.

Simon acopló la llave a la puerta y los dos salieron de la jaula de un salto.

—¡Date prisa, que vienen!

—¡Tenemos que rescatar a Mallory!

—No hay tiempo —repuso Simon—. Tendremos que volver más tarde.

—Espera —le dijo Jared—. ¡Escondámonos aquí! Pensarán que hemos huido.

El pánico se apoderó de Simon.

—¿Dónde?

—¡Encima de la jaula! —Jared señaló el techo plateado de la jaula, que parecía bastante sólido. Se encaramó a un montón de objetos preciosos y trepó hasta allí—. ¡Vamos!

Simon subió una parte y Jared lo aupó hasta arriba. Apenas tuvieron tiempo de agazaparse antes de que los enanos irrumpiesen en la cámara.

—Tampoco están aquí —dijo uno de ellos—. Ni en el pasillo ni en ninguna de las cámaras cercanas.

Jared, encogido contra el frío metal, sonrió.

—Dadles cuerda a los perros. Ellos los encontrarán.

—¿Perros? —susurró Simon a Jared mien-

«Tampoco están aquí.»

tras los enanos salían de la cámara arrastrando los pies.

—¿Cuál es el problema? —preguntó Jared con una sonrisa, eufórico por el éxito de su plan—. A ti te encantan los perros.

Simon puso los ojos en blanco y bajó de un salto. Al caer tumbó un candelabro y esparció varios trozos de hematites por el suelo. Recogió uno y se lo guardó en el bolsillo.

—Chsss —siseó Jared, tratando de descolgarse sin hacer ruido, aunque por poco derriba un pequeño rosal de cobre.

Se arrodillaron junto a la caja de cristal y Jared descorrió el pestillo de la tapa. Al abrirla se oyó un silbido, como si un gas invisible escapase de la caja. Mallory yacía inmóvil en el interior.

—Mallory —dijo Jared—. Levántate. —Tiró de su brazo, pero cuando lo soltó cayó inerte sobre su pecho.

—¿Crees que a lo mejor alguien tiene que besarla, como a Blancanieves? —preguntó Simon.

—Qué asco. —Jared no recordaba haber leído nada sobre besos en el cuaderno de campo, pero tampoco recordaba nada sobre ataúdes de cristal. Se inclinó y le plantó un beso rápido en la mejilla. Nada.

—Tenemos que hacer algo —dijo Simon—. No nos queda mucho tiempo.

Jared tiró con fuerza del pelo de Mallory. Ella se removió ligeramente y entreabrió los ojos. Jared suspiró de alivio.

—*Déjamenpaz...* —murmuró ella, e intentó volverse de costado.

—Ayúdame a levantarla —pidió Jared, quitándole la espada de encima y depositándola en el suelo.

Juntos consiguieron alzarla un poco, pero se les deslizó entre las manos y quedó acostada de nuevo.

—Vamos, Mallory —le dijo Jared al oído—. ¡Despierta!

Simon le dio unos cachetes. Ella se retorció otra vez y abrió los ojos, aturdida.

—¿Qué...? —murmuró.

—Tienes que salir de aquí —dijo Simon—. ¡Levántate!

«Apóyate en la espada como en una muleta.»

—Apóyate en la espada como en una muleta —le sugirió Jared.

Con la ayuda de sus hermanos, Mallory logró ponerse de pie y se dirigió tambaleándose hacia el pasillo. Estaba desierto.

—Por una vez —comentó Simon— parece que las cosas están saliendo bien.

Justo entonces se oyó a lo lejos el sonido hueco y metálico de un ladrido.

«Las piedras. Las piedras hablan. Las piedras me hablan.

Capítulo seis

Donde las piedras hablan

Jared y Simon corrían, prácticamente arrastrando a Mallory por pasillos y salas estrechas y mal iluminadas. Pasaron por un puente que atravesaba una cámara central donde el korting supervisaba el trabajo de unos enanos. Los ladridos, al principio muy lejanos, sonaban más próximos y frenéticos. Recorrieron una cámara tras otra, parapetándose tras estalagmitas cuando oían que había enanos cerca, y después se escabullían y echaban a correr de nuevo.

Jared se detuvo en una caverna donde había una charca en la que nadaban peces blancos y ciegos. Unas pequeñas piedras permanecían en equilibrio sobre las estalagmitas y el espacio resonaba con el sonido de gotas que caían casi al unísono con un golpeteo rítmico y extraño.

—¿Dónde estamos?

—No estoy seguro —dijo Simon—. Me habría acordado de esos peces si los hubiese visto antes. Creo que no nos trajeron por este camino.

—¿Dónde estamos? —gimió Mallory, bamboleándose.

—No podemos regresar —dijo Jared, nervioso—. Tenemos que seguir adelante.

Una figura diminuta emergió de las sombras.

Tenía unos grandes ojos que brillaban en la penumbra. Varias bolsitas hechas de retazos cosidos colgaban de su cinturón.

—¿Qué... qué es eso? —musitó Simon.

La criatura dio unos golpecitos en la pared con un dedo largo y multiarticulado, y luego arrimó una de sus grandes orejas a la piedra. Jared advirtió que tenía las uñas resquebrajadas y rotas.

—*Laspiedras. Laspiedrashablan. Laspiedrasmehablan.* —Hablaba con una voz susurrante y aguda.

Jared tuvo que aguzar el oído para distinguir las palabras. La criatura dio otros golpecitos a la pared, en una especie de código Morse desquiciado.

—Oye —la abordó Jared—. Esto... ¿sabes por dónde se sale de aquí?

—Chsss. —El extraño ser cerró los ojos y asintió con la cabeza al oír unos sonidos extraños y lejanos. Acto seguido, saltó a los brazos de Jared, asiéndose con fuerza de su cuello. Jared se tambaleó hacia atrás.

—¡Sí! ¡Sí! *Laspiedrasdicenquenosarrastremos-*

poraquí. —Apuntó con el dedo hacia la oscuridad, a un punto situado al otro lado de la charca de los peces blancos.

—Eh... estupendo, gracias. —Jared intentó desprenderse la criatura del cuello. Al final el ser se soltó, gateó hasta la pared y reanudó los golpecitos.

—Pero ¿qué es eso? —preguntó Jared a Simon en voz baja—. ¿Un enano más raro de lo normal?

—Un asentidor o un golpeante, creo —respondió Jared—. Viven en minas y avisan a los mineros cuando se va a producir un derrumbe o algo parecido.

—¿Están todos locos? —inquirió Simon con una mueca—. Lo suyo es aún más grave que lo del phooka.

—Parati, JaredGrace.

La criatura colocó un guijarro liso y frío en la palma de la mano de Jared.

—Lapiedraquiereircontigo.

«Laspiedrashablan.»

—Esto... gracias —dijo Jared—. Ahora debemos irnos. —Echó a andar hacia el sitio oscuro que el asentidor-golpeante o lo que fuera les había señalado. A medida que se acercaba, a Jared le pareció vislumbrar una grieta.

—Un momento. ¿Cómo sabías el nombre de Jared? —preguntó Mallory, que seguía a sus hermanos con dificultad.

Jared se volvió, sintiéndose confundido de repente.

—Es verdad. ¿Cómo has sabido mi nombre? —quiso saber.

La criatura dio una nueva serie de golpecitos irregulares a la pared de la cueva.

—*Laspiedrasmehablan. Laspiedraslosabentodo.*

—Claaaaro. —Jared siguió andando. Por lo visto, la criatura les había indicado el camino hacia una pequeña abertura en la pared de la caverna. El agujero estaba muy cerca del suelo y muy oscuro. Jared se puso a cuatro patas y se internó en él. El suelo de la cueva estaba húmedo, y de vez en cuando le parecía oír algo reptando o correteando justo delante de él. Sus hermanos lo seguían, también a gatas. En una o dos ocasiones oyó a uno de ellos jadear, pero no aminoró la marcha. Los ladridos de los perros todavía retumbaban en las cavernas.

Salieron a la sala del árbol de hierro.

—Creo que es por ahí —dijo Jared, apuntando a una de las galerías.

Corrieron por el sendero hasta que llegaron a una enorme grieta, que medía de ancho casi lo mismo que Jared de alto. Miró hacia abajo: las paredes de la grieta descendían hasta perderse en la oscuridad, como si no tuviese fondo.

—¡Tendremos que saltar! —dijo Simon—. ¡Vamos!

—¿Qué? —titubeó Mallory.

Oyeron los ladridos a su espalda, muy cerca. Jared vislumbró el brillo de unos ojos rojos. Simon retrocedió, tomó impulso y brincó por encima de la grieta.

—¡Tienes que hacerlo! —dijo Jared a su her-

Saltaron juntos.

mana, tomándola de la mano. Saltaron juntos. Mallory se tambaleó cuando sus pies golpearon la roca al otro lado, pero cayó hacia delante, sobre el suelo de la cueva, sin hacerse ningún daño. Acto seguido arrancaron a correr de nuevo, esperando que los perros no fueran capaces de saltar la distancia que ellos acababan de salvar.

Sin embargo, el pasadizo daba la vuelta, de modo que salieron de nuevo a la cámara central, debajo de las enormes ramas pobladas de ruidosos pájaros metálicos.

—¿Por dónde hay que ir? —gimió Mallory, apoyándose en la espada envainada.

—No lo sé —contestó Jared intentando recuperar el aliento—. ¡No lo sé! ¡No lo sé!

—Creo que tal vez por ahí —propuso Simon.

—¡Ya hemos ido por ahí, y hemos venido a dar aquí de nuevo!

Los ladridos se oían tan cerca que Jared temía que irrumpiesen en la cámara de un momento a otro. No tenía la menor idea de qué hacer.

—¿Cómo es posible que no conozcáis el camino? —se desesperó Mallory—. ¿No os acordáis de cómo llegasteis aquí?

—¡Lo estoy intentando! ¡Estaba oscuro, e íbamos encerrados en una jaula! ¿Qué quieres que haga? —Jared le asestó una patada a la base del árbol como para subrayar sus palabras.

Las hojas se agitaron y, al entrechocar, emitieron un estruendo como de mil campanillas. El ruido era ensordecedor. Uno de los pájaros de cobre cayó desde lo alto y se quedó en el suelo, batiendo las alas y abriendo y cerrando el pico sin producir sonido alguno.

—Oh, maldita sea —dijo Mallory.

Desde distintas galerías llegaron corriendo varios perros metálicos, y sus cuerpos brillantes y articulados cubrieron sin esfuerzo la distancia que los separaba de los hermanos. Sus ojos de granate centelleaban.

—¡Trepad! —gritó Jared, apoyando el pie en la rama más baja y tendiéndole la mano a su her-

Llegaron corriendo varios perros metálicos.

mana. Simon ascendió como buenamente pudo por la rugosa corteza de hierro. Mallory, todavía aturdida, trataba de auparse con la ayuda de Jared.

—¡Rápido, Mallory! —imploró Simon.

Ella logró subir la pierna sobre una rama justo cuando un perro se abalanzaba hacia ella. Sus dientes se cerraron sobre la orilla de su vestido y se lo desgarraron. Los otros perros saltaron en jauría sobre el trozo de tela y lo hicieron jirones.

Jared arrojó con fuerza el guijarro que llevaba en la mano. Pasó rozando la cabeza del perro y rodó inútilmente por el suelo de la caverna.

Uno de los perros salió disparado detrás de la piedra. Al principio Jared creyó que tal vez fuese mágica, pero luego advirtió que el perro la traía de regreso entre sus dientes, meneando la cola metálica como un látigo.

—Simon —dijo Jared—. Me parece que ese perro está jugando.

Simon observó al perro por unos instantes y empezó a deslizarse tronco abajo.

—Pero ¿qué haces? —inquirió Mallory—. ¡Los perros robot de metal no son animales de compañía!

—No te preocupes —le gritó Simon desde abajo.

Bajó al suelo de un salto y los perros dejaron de ladrar de golpe. Lo olisquearon durante un

rato como intentando decidir si morderlo o no. Simon permanecía muy quieto. Jared lo miraba, conteniendo la respiración.

—Buenos chicos —los aplacó Simon, con un temblor apenas perceptible en la voz—. ¿Queréis jugar? ¿Queréis que lance algo para que vayáis a buscarlo? —Se agachó y con toda cautela retiró la piedra de entre los dientes metálicos del perro.

Todos los demás se pusieron a brincar al mismo tiempo, ladrando alegremente. Simon les dedicó una sonrisa a sus hermanos.

—Debo de estar soñando —se maravilló Mallory.

Simon arrojó la piedra, y los cinco perros echaron a correr en pos de ella. Uno de ellos la atrapó entre las mandíbulas y regresó pavoneándose muy orgulloso delante de los otros, que lo seguían entusiasmados, con las lenguas plateadas colgando.

Simon lanzó el guijarro tres veces más antes de que Jared lo llamase.

—Tenemos que irnos —le recordó—. Los enanos nos encontrarán si no nos damos prisa.

Simon parecía decepcionado.

—Vale —respondió y, acto seguido, tomó impulso y arrojó la piedra con todas sus fuerzas hacia la sala contigua. Los perros se lanzaron tras ella a toda velocidad—. ¡Venga, rápido!

Jared y Mallory bajaron de un salto, y los tres se escabulleron por la pequeña grieta abierta en la pared. Jared bloqueó la entrada con su mochila. Ya oía los gañidos de los perros, que se pusieron a rascar la tela.

Avanzaron a tientas en la oscuridad, pero debía de haber una bifurcación en el túnel que antes habían pasado por alto, pues esta vez avistaron una luz suave y cálida al final de la galería.

Cuando salieron a la superficie, vieron que estaban encima de la cantera, sobre una hierba cubierta de rocío. El amanecer teñía de rojo el cielo del este.

«¿Qué ha pasado?»

Capítulo siete

Donde se comete una traición inesperada

Mallory se miró con cara de asco.

—Odio los vestidos. ¿Qué ha pasado? ¿Por qué he despertado en una caja de cristal?

Jared sacudió la cabeza.

—No estamos muy seguros... Supongo que los enanos te capturaron de alguna manera. ¿Te acuerdas de algo?

—Estaba guardando mis cosas después del combate. —Se encogió de hombros—. Un chico me dijo que te habías metido en un lío.

—Silencio —la acalló Simon, señalando la cantera—. Agachaos.

Se arrodillaron sobre la hierba y se asomaron al borde. Una horda de trasgos emergió de las cuevas, correteando, dando volteretas, haciendo rechinar los dientes y aullando, antes de abrirse en abanico y husmear el aire. Tras ellos avanzaba un monstruo descomunal con ramas secas en lugar de pelo. El ogro llevaba puestos los restos andrajosos y oscuros de prendas de otra época, y dos cuernos curvos sobresalían de su frente.

El korting y sus enanos cortesanos aparecieron en la entrada de la cueva. Los seguían otros trasgos que tiraban de un carro repleto de armas relucientes. Delante de este último grupo avanzaba un prisionero dando traspiés. Tenía la estatura de un humano adulto, llevaba la cara tapada con un saco y las muñecas y los tobillos atados con trapos sucios.

Había algo familiar en esa persona. Los trasgos lo llevaron a empujones hasta la cantera, lejos de donde se encontraba el monstruo.

—¿Quién es ése? —susurró Mallory, aguzando la vista.

—No lo veo bien —dijo Jared—. ¿Para qué querrán un prisionero?

El korting, nervioso, carraspeó y el silencio se impuso sobre la multitud.

—Gran señor Mulgarath, te agradecemos el honor que nos concedes al dejar que te sirvamos.

Mulgarath se detuvo. El ogro volvió hacia los enanos la enorme cabeza astada, que se alzaba imponente sobre la del resto de las criaturas, con un gesto desdeñoso.

Jared tragó saliva. Mulgarath. Esta palabra no significaba antes gran cosa para él, pero ahora estaba asustado. Aunque sabía que el monstruo no podía verlo, notó que sus negros ojos recorrían a la multitud y le entraron ganas de encogerse más aún.

—¿Son éstas todas las armas que pedí? —La voz sonora de Mulgarath retumbó en la cantera. Apuntó al carro.

—Sí, por supuesto —contestó el señor de los enanos—. Es una muestra de nuestra lealtad y entrega a tu nuevo régimen. No encontrarás hojas más afiladas ni mejores piezas de artesanía. Lo juro por mi vida.

—¿Ah, sí? —inquirió el ogro. Extrajo el falso cuaderno de campo de Jared de un bolsillo—. ¿También juras por tu vida que éste es el libro que te ordené que consiguieras para mí?

—Yo... yo... —titubeó el señor de los enanos—. He hecho lo que me mandaste.

El ogro sostuvo en alto el maltratado libro y soltó una carcajada. Jared se dio cuenta de que era la misma carcajada que el falso Jared había soltado en el pasillo del colegio. Se le escapó un grito ahogado, y Mallory le propinó un codazo.

—Te han engañado, señor de los enanos. Pero no tiene importancia. La guía de campo de Arthur Spiderwick obra en mi poder —aseguró Mulgarath—. Era lo único que me faltaba para dar comienzo a mi reinado.

El enano hizo una profunda reverencia.

—Eres el más grande, sin duda —lo alabó el korting—. El más digno de los amos.

—Quizá yo sea el amo más grande, pero no estoy tan convencido de que vosotros seáis vasa-

«¡Matadlos!»

llos dignos. —Alzó la mano, y sus trasgos interrumpieron abruptamente el bullicio y el barullo—. ¡Matadlos!

Todo ocurrió tan deprisa que Jared no se enteró bien de lo que sucedía. Los trasgos avanzaron como un solo hombre; algunos de ellos se pararon a coger alguna de las armas forjadas por los enanos, pero la mayoría se lanzó al ataque con uñas y dientes. Los enanos, sin saber cómo reaccionar, prorrumpieron en gritos de sorpresa, y los trasgos aprovecharon esos instantes de pánico y confusión para echárseles encima.

Los trasgos lucharon con esfuerzo hasta que no quedó en pie ni un enano.

Jared se sentía mareado y entumecido. Nunca antes había presenciado una matanza. Bajó la vista y le entraron ganas de vomitar.

—Debemos detenerlos.

—No podemos hacerlo solos. Mira cuántos son —repuso Mallory.

Jared posó la mirada en la espada que empu-

ñaba Mallory, cuyo fina hoja relumbraba a la luz del sol de la mañana. No les serviría de nada si se enfrentasen a todos esos trasgos.

—Tenemos que contarle a mamá lo que está pasando —dijo Simon.

—¡No nos va a creer! —replicó Jared. Se enjugó las lágrimas con la manga de la camisa, intentando no mirar los cuerpos destrozados que yacían en la cantera—. ¿Qué hacemos si no nos cree?

—Tenemos que intentarlo —dijo Mallory.

Y así, mientras los alaridos de los enanos les resonaban en los oídos, los tres hermanos Grace emprendieron el camino de regreso a casa.

Fin del
CUARTO LIBRO

Sobre TONY DiTERLIZZI...

Autor de éxito del *New York Times*, Tony DiTerlizzi es el creador de la obra ganadora del premio Zena Sutherland *Ted, Jimmy Zanwow's Out-of-This-World Moon Pie Adventure,* así como de las ilustraciones para los libros de Tony Johnson destinados a lectores noveles. Más recientemente, su cinematográfica versión del clásico de Mary Howitt *The Spider and the Fly* recibió el Caldecott Honor. Por otra parte, los dibujos de Tony han decorado la obra de nombres tan conocidos de la literatura fantástica como J. R. R. Tolkien, Anne McCaffrey, Peter S. Beagle y Greg Bear. Reside con su mujer, Angela, y con su perro, *Goblin,* en Amherst, Massachusetts. Visita a Tony en la Red: *www.diterlizzi.com.*

y sobre HOLLY BLACK

Coleccionista ávida de libros raros sobre folclore, Holly Black pasó sus años de infancia en una decadente casa victoriana en la que su madre le proporcionó una dieta alta en historias de fantasmas y en cuentos de hadas. De este modo, su primera novela, *Tithe: A Modern Faerie Tale,* es un guiño de terror y de lo más artístico al mundo de las hadas. Publicado en el otoño de 2002, recibió buenas críticas y una mención de la American Library Association para literatura juvenil. Vive en West Long Branch, New Jersey, con su marido, Theo, y una remarcable colección de animales. Visita a Holly en la Red: *www.blackholly.com.*

Tony y Holly continúan trabajando día y noche, lidiando con todo tipo de seres mágicos para ofreceros la historia de los niños Grace.

¿Han capturado a alguien?
¿El cuaderno ha volado?
¿Qué podrán hacer ahora
tres niños cansados?

¿Podrán enfrentarse al ogro
y a su plan tremebundo
de envenenar la tierra
y conquistar el mundo?

¿Habrá alguien lo bastante
fuerte, valiente y activo
para luchar contra el monstruo,
derrotarlo y seguir vivo?

¿Dónde está nuestro héroe?
Sigue leyendo y lo sabrás...

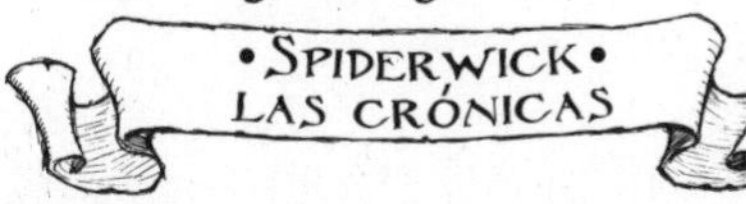

AGRADECIMIENTOS

Tony y Holly quieren agradecer
el tino de Steve y Dianna,
la honestidad de Starr,
las ganas de compartir el viaje de Myles y Liza,
la ayuda de Ellen y Julie,
la incansable fe de Kevin en nosotros,
y especialmente la paciencia
de Angela y Theo,
inquebrantable incluso en noches enteras
de interminables discusiones
sobre Spiderwick.

El tipo utilizado para la composición
de este libro es Cochin. La tipografía
de las ilustraciones es Nevis Hand y Rackham.
Las ilustraciones originales son a lápiz y tinta.